AF191244

Eva Laschewski
Leben auf Asphalt

Eva Laschewski wurde 2005 in Düsseldorf geboren. Im Rahmen des Literaturkurses der 11. Klasse lernt sie das Schreiben nicht nur als Hobby, sondern als ernstzunehmende Interesse zu betrachten und beginnt daher an Schreibwettbewerben im Internet teilzunehmen.

Eva Laschewski
LEBEN AUF ASPHALT
Erzählungen

Impressum

Bibliografische Information der Deutschen Nationalbibliothek: Die Deutsche National- bibliothek verzeichnet diese Publikation in der Deutschen Nationalbibliogafie; detail- lierte bilbiografische Daten sind im Internet über dnb.dnb.de abrufbar.

© 2022 Eva Laschewski

Herstellung und Verlag:
BoD – Books on Demand, Norderstedt

ISBN: 978-3-7568-8845-0

I. WAS HAST DU ZU BIETEN?

Die Zahnräder zwischen den Gebäuden sind so laut, dass ich die Stimme meiner Lehrerin nur in einem langweiligen Grau wahrnehme. Ich bin mir sicher, dass wir Schüler für sie auch alle gleich aussehen. Sie ist schon zu lange hier, um noch zu glauben, irgendjemand könnte die Türen dieser Schule durchschreiten, ohne einen Teil von sich selbst verkümmern zu sehen.

Manchmal wenn mein Selbst aus der Enge der grauen Mauern in die Wolken über uns flieht, sehe ich das alte Gebäude, indem schon zehntausende Menschen erloschen und nur wenige Schüler aufblühen konnten, als wäre es nur das, ein Gebäude und nicht eine Ansammlung aus erstarrten Lebensjahren seiner Insassen. Ich markiere jede Person mit einem imaginären Licht und beobachte das Flammenmeer wie einen Sternenhimmel, den jemand nach Größe und Alter der Sterne sortiert hat. Kaum jemals vermischen sich die Punkte. Und meistens besteht die einzige Abwechslung darin, dass nicht immer das gleiche Kind den Raum verlässt, um durchzuatmen. Denn durchatmen kann man hier nicht einfach. Zumindest nicht, wenn sich die alten Sterne auch außerhalb des Unterrichts zu uns verirren. Denn spätestens, wenn sie in der Nähe sind, sehen wir die Zukunft auf uns hinabstürzen. Im Angesicht der schon halb erloschenen Seelen, habe ich schon die größten

Träumer straucheln sehen. Vor ihnen stehen in Form von Lehrern und Schulleitern Menschen, die atmen, um das nächste Wochenende erleben zu können. Das Lernen wir früh. Dass ein Wochenende mehr Genuss und Leben verspricht als eine gesamte Woche.

Heute ist der zweite Abend des ersten Wochenende des letzten Jahres in der Hölle des Gehorsams. Wir sitzen weit oben auf einem Baugerüst, um den Fingern des Alltags zu entgehen, die sich schon jetzt über den nächsten Morgen geschoben haben. Aber von hier oben sehen sie nur aus, wie die Linien einer Zeichnung, die viel mehr Menschen zu Gesicht bekommen sollten. Nicht weil sie schön ist, aber weil sie einen an etwas erinnert.

Sie erinnert mich daran, dass ich sehr wohl weiß, was ich will. Dass mir das niemand beibringen muss und ich nichts mehr finden muss von mir selbst, sondern ganz tief drin die wichtigsten Antworten schon gehabt habe.

Ich wünsche mir, dass die Linien sich nicht mehr in hässlichen Falten und Brüchen begegnen. Ich möchte all diese Welten miteinander tanzen sehen. Die immergleichen Straßen mit Persönlichkeiten füllen. Aber ich kann nicht alle Menschen dieser Stadt in die Nacht hinaufzerren nur um ihnen zu zeigen, dass die Dunkelheit schon längst die Tage überwuchert hat.

Zuerst stört mich der fingerkuppengroße Fleck auf meinem rechten Wangenknochen. Bis ich merke, dass sich die klebrige Masse warm auf meinem Finger ausbreitet. Ich hatte versucht den Überzug von meiner Haut zu entfernen. Immerhin so, dass ihn keiner mehr sehen kann. Zumindest letzteres hat funktioniert. Fühlen kann ich sie trotzdem noch. Die goldgelbe Flüssigkeit. Süßes flüssiges Glas. Süßes flüssiges unzerbrechliches Glas. Es fließt meinen Finger hinab. So langsam, dass ich meinen Blick nicht abwenden mag und das Gold in meine Haut eintauchen sehe. Die Adern unter der dünnen Haut meiner Unterarme füllen sich mit Hitze. Erst sticht es. Dann zieht es. Fordernd. Es zieht fordernd nach allem Guten in mir.

In der Mitte meiner Brust. Genau unter meinem Herzen liegt ein Klumpen. Ich würde ihn gerne näher beschreiben, aber seit Jahren verändert er sich zu stark und zu schnell, als dass ich ihn zu greifen bekäme

Trotzdem gibt es eine Entwicklung die mir nicht entgehen konnte. War der Klumpen früher noch einigermaßen rund und aus feinem glatten Material, hat er über die letzten Jahre spitze Auswüchse bekommen, deren grobes Antlitz an manchen Tagen auf die seiche Schönheit hinüberwuchert. In starke Farben gehüllt könnten diese Auswüchse gar schönes verheißen, wenn sie nicht den Wunsch nach mehr wecken würden.

Das Gold drängt nach außen. Aus meinem Brustkorb in meinen gesamten Körper hinein. Ich habe mich infiziert. Mit Gold. Infiziert mit einer Wärme, die den schönen, aber stillen Gletscher in mir schmelzen lässt. Aber nicht nur das kann das Gold. Ich senke den Kopf als mit einem Ruck eine Flamme auflodert. Oder viele. Ich weiß nicht wo ich taue und wo ich brenne. Es ist als wäre die Wärme durch meinen linken Arm auf kürzestem Weg in mich hineingeflossen nur um meine innere Ruhe in Flammen zu setzen. Nur Asche bleibt von ihr zurück. Eine graue Kruste welche sich im Wind der nächsten Bewegung von mir lösen wird um ihre eigenen Wege zu gehen.
Ich brauche mich selbst zurück.

III. NICHT DAS LEBEN

Ich stehe nur auf, weil ich weiß, dass liegenbleiben keine Option ist. Ich stemme meinen Oberkörper auf meine Beine und gehe die drei Meter zum einzigen Stuhl in diesem Raum. Setze mich an meinen Schreibtisch und schiebe den Laptop aus meinen Armen auf den einzigen freien Fleck auf dem dunklen Holz. Um mich herum liegen dutzende Zettel, auf denen meine Arme ausrutschen, als ich sie neben meinem Oberkörper zu positionieren versuche. Auf ihnen allen sammeln sich kleine Skizzen, Notizen, Aufgaben, die ich erledigen möchte. Auf dem obersten Blatt unter meinem linken Arm findet sich eine Wuttirade meiner Selbst. In riesigen Buchstaben, die vom Blatt zu kippen drohen, ermahnt mich die Inschrift zu leben. Ich folge ihrer Wut und blicke auf mich Selbst hinab. Meine Brust wölbt sich unter einem altem T-Shirt hervor. Aufschrift "Alles ist nicht genug". Ich habe den Spruch nie in seinem ursprünglichen Sinn gelesen. Habe mich immer dagegen gewehrt. Aber jetzt, mit Blick auf meinen Körper, der willenlos unter meinem Kopf auf eine Verwendung wartet, kann ich nicht anders, als mich angesprochen zu fühlen. Selbst wenn "Alles" "genug" wäre, hätte ich immer noch nichts zustande gebracht. Selbst den Überblick über das Nichts habe ich verloren. Es hat alles durchnässt und klebt nun wie getrockneter Fruchtsaft zwischen einstigen Ideen. Versperrt alles in meinem

Kopf. Auch mit meinen Hausaufgaben für morgen und der aufdringlichen Uhr im Rücken wandert mein Blick weiterhin den Schauspielern auf dem Bildschirm hinterher. Ich kenne die Serie auswendig. Natürlich, nach dem siebten Durchlauf. Ich spreche meine liebsten Zeilen mit, merke aber schnell, dass mein verstopftes Gehirn mit dem Tempo der Figuren nicht mitkommen kann. Ich verstumme wieder. Der Kugelschreiber neben meiner rechten Hand hat mein Desinteresse auf sich gezogen. Ich nehme ihn in die Hand und beginne Kreise zu ziehen. Bis mir auch der spontane Kreis auf dem Karo nicht mehr lebendig genug ist. Meine Linien brechen aus und in die alten Notizen auf der Seite ein. Zwölf Tage ist es jetzt her, dass ich etwas gewollt habe. Irgendetwas außer liegen wirklich genossen habe. Zwölf Wochen, dass ich verstand, was alle paar Wochen mit mir geschieht. Zwölf Monate, dass ich vor mir selbst Angst bekam. Die Angst ist geblieben. Mit einem wagen Gefühl, dass die Schule, das Leben und die Welt nicht das Problem sind. Sondern, dass ich es bin.

Selbst wenn kein Schnee liegt, habe ich morgens oft Angst den Morgendlichen Friedem zerstören zu können. Als würde ich den morgendlichen Nebel mit meinem Körper vertreiben oder einfach nur aufwirbeln, so dass sich die gleichmäßige Ruhe nicht mehr als eine solche erkennen ließe.

Der Samstag hängt noch tief in den Feder als ich mir den Rucksack über die Schulter schwinge und losfahre um meine Besorgungen für die Feiertage zu erledigen. Vor mir liegen fünf Tage, in denen ich nichts weiter zu tun habe als mich selbst zu ernähren. Keine Termine, keine Wege die ich zu gehen habe. Ohne hektisches Schalten und mitgenommene Bordsteinkanten kann ich die Atmosphäre meiner noch schläfrigen Stadt auf mich wirken lassen. Sie liegt vor mir wie die Oberfläche eines vergessenen Sees.

Am Supermarkt angekommen schiebe ich mein Fahrrad auf den beinahe leeren Abstellplatz neben dem neuen Glasgebäude und lächele einer Seniorin zu, die gerade ihren Einkauf zu einem Fahrrad in der Nähe schiebt. Sie lächelt mir zu, wirkt aber verwirrt.

Nur ein Wispern der notwendigsten Gespräche schwebt durch den Raum, als ich die Gänge aus Regalen betrete. Ich bin froh, dass kaum jemand redet, während ich meinen Einkaufswagen durch die Gänge gleiten lasse. Fühle mich beinahe schlecht als ich mein Telefon aus der Tasche ziehe um meine

Schwester anzurufen. Sie muss gerade erst aufgestanden sein. Ihre Stimme rutscht lauwarm aus ihrer Kehle. Im Hintergrund pfeift unser Wasserkessel. Genau wie alle Menschen um mich herum spricht auch sie langsam und bedacht. Ohne Kälte oder Hitze.

Es ist, als würde niemand riskieren wollen die Aufmerksamkeit des Alltags auf sich zu ziehen. Während sie mir von einem Traum aus der letzten Nacht erzählt lege ich Regal für Regal all die Dinge in meinen Wagen, die sie mir ruhig auflistet. An der Kasse lege ich sie kurz weg, um mir die Zeit nehmen zu können das Lächeln des Kassierers zu erwiedern. In der Zeit in der ich alles was wir für die nächste Woche brauchen werden gemütlich in meine Tasche einsortiere, zieht sie die Vorhänge unserer Fenster auf und weckt den Rest der Familie mit einem dampfenden Tee. Sie alle werde ich bei meiner Ankunft noch in ihren Betten auffinden, aber wen kümmert schon die Zeit, wenn auch sie noch schläft?

Hier, hunderte Kilometer von Zuhause, sind die Bezüge der Sitze nicht mehr von rot gesprenkeltem Blau. Sie sind verwaschen grün. Ich kann die Farbe nicht leiden. Trotzdem liebe ich das raue Material. In meinem Rücken liegt der knallrote Rucksack, der mich nun seit einer Woche begleitet. Er ist an die Stelle eines muffigen Gefühls getreten, von dem ich lange gedacht habe, dass ich es nie loswerden würde. Erst jetzt, da es nicht mehr in meiner linken Schläfe liegt, merke ich wie schmerzhaft die letzten Jahre gewesen sein müssen. Die letzten und ersten wirklichen Jahre meines Lebens. Die Jugend genießen. Die besten Jahre ausschöpfen. Die besten Jahre haben mich ausgeschöpft. Aber jetzt bin ich an der Reihe. Außer ein paar Scheiben billigem Brot mit Schokoladencreme liegt in meinem Bauch nur Leichtigkeit. Zuhause hätte ich mich beschwert. Über zu wenig Auswahl beim Essen und über jeden Kilometer zu Fuß. Weil ich bei jedem Schritt gewusst hätte, dass ich abends wieder am gleichen trostlosen Ort ankommen würde, wie vorher. Heute aber trägt mich der Bus unter meinem ausgestreckten Körper zuverlässig ins Unbekannte hinaus.

Der Bus in dem ich liege ist leer. So wie jeder Bus, den ich seit Anfang der Woche betreten habe. Frei von schwatzenden Touristen oder gestressten Stadtmenschen. Nur vor zwei Tagen hatte ich Mitreisende. Aber alle hatten sie eine Ruhe in sich, von der ich schon längst vergessen hatte, dass sie im Menschen existieren kann. Und jetzt ist sie auch bei mir angekommen. Ich lehne mich tiefer in mein Lager aus Rucksack, Pullover und Sitz um einfach nur dem Schaukeln der Räder zuzuhören.

Mit vierzehn kam bei mir zum ersten Mal der Wunsch auf, auszubrechen. Nicht aus meiner Familie oder meinem Zuhause, aber aus meiner Zukunft. Ich sah mich das Abitur schreiben, Studieren, Arbeiten, Kinder kriegen, aber nie sah ich mich frei sein. Dabei wusste ich damals noch gar nicht, dass ich gefangen war.

Erst jetzt weiß ich es. Erst jetzt, da ich nur mit einem Rucksack, meiner Kleidung am Leib und einem paar Sneakers aufgebrochen bin, weiß ich, was ich so lange vermisst habe.

Es sind die ungeplanten Momente, die unbemerkt aus meinem Alltag verdrängt wurden. Wann habe ich das letzte Mal mit fremden Kindern gespielt, die ich gerade erst auf dem Spielplatz kennengelernt hatte? Gestern. Weil ich für den Nachmittag nichts geplant hatte. Und weil die beiden neunjährigen Jungs aus dem Dorf keine Angst hatten vor einer Fremden, sondern fragten, ob sie auch mitspielen wolle. Ja verdammt das wollte sie.

VI. ZWISCHEN DEN GEDANKEN

Es ist ein Samstagmorgen im späten Herbst. Über den Straßen liegt frischer Nebel, der sich mit der kühlen Luft unter den Wolken vermengt. Die wenigen Menschen, die schon kurz vor Sonnenaufgang über die Straßen wandeln, wirken einsam und verloren. Und so fühle ich mich, in warmes Licht getaucht, fast wie in einem kleinen Paralleluniversum. Niemand spricht im Bus. Selbst die, die den Weg in die Innenstadt nicht allein angetreten haben, lassen es zu, dass die Ruhe uns zudeckt, als wären wir uns nicht völlig fremd. Auch wenn das Mädchen auf der hintersten Bank des Busses kaum den Blick hebt, fühle ich mich ihr in der warmen Luft zwischen den zerkratzten Scheiben seltsam nahe. Auf ihrer Nasen ist eine große Brille zu weit nach unten gerutscht. Ihre Haare sind wirr nach oben gebunden und ihre Beine liegen in ihren Wintermantel eingewickelt auf der Bank neben ihr. Ganz in ihrem eigenen Frieden versunken sieht sie nur selten auf. Doch als sie ihr Gesicht zum dritten Mal von den Seiten ihres Buches abwendet, bemerkt sie mein ihr geltendes Lächeln, was sich bald darauf in ihren Augen spiegelt. Wenn doch nur die Luft auf der anderen Seite der Scheiben kalt genug wäre um diesen Moment für immer einzufrieren. Meine Gedanken schweben frei im Raum ohne sich von der Zukunft stören zu lassen. Erst mit dem letzten Schnaufen des Busses wenden sie ihre

Blicke von der Ruhe ab und zwängen sich wieder zurück in meinen engen Körper. Leider wissen sie genau was nun kommt.

Vor mir, auf dem Bahnsteig steht bereits meine Mutter. Mit ihren dunklen Augenringen wirkt sie verschlafen und grummelig, aber ich weiß, dass sie gerne hergekommen ist um mich für die letzte Ferienwoche abzuholen. Ihre Umarmung ertränkt mich beinahe in Liebe und ich kann nicht anders als meine Trauer für einen Moment zu vergessen. Nur eine Frage bleibt in meinen Gefühlen zurück. Still sitzt sie auf meiner Schulter. Schon als die Streits meiner Eltern immer öfter unser Haus erschütterten schlüpte die kleine Abends unter meine Bettdecke, aber erst als ich Mahdi kennenlernte wuchs die kleine Kreatur auf ihre heutige Größe.

Jahrelang waren wir gemeinsam zur Schule gegangen bis wir uns wirklich kennenlernten. Mahdi war es, der die kleinen Spalten und Räume im Alltag entdeckte, in die er immer wieder kleine Gesten einfügte. Und aus einem Meer von Blicken und Lachern erwuchs eine Freundschaft. Ohne dass wor je miteinander gesprochen hätten. Selbst als meine Mutter mich nach der Trennung in eine andere Stadt mitnahm konnte ich darauf zählen immer mal wieder von ihm zu hören. Egal wie klein die Gesten waren, wir achteten darauf sie nie aus unserer Freundschaft verschwinden zu lassen. Und weil wir die Stille des Alltags zwischen uns füllten, konnten wir uns gegen die Kälte der Fremde wehren.

VII. EIN MENSCH

Sie lachen über uns bis sich einer von uns von der Brücke stürzt. Dann hören sie auf zu lachen. Für einen kurzen Moment. Und dann frage ich mich, wieso es erst so weit kommen muss. Bis sie dann weiterlachen und ich verstehe, dass sie eigentlich nur Angst haben. Sie lachen, um uns lächerlich zu machen, weil damit die Gefühle, die wir fühlen lächerlich werden. Und dann brauchen sie keine Angst mehr zu haben vielleicht einmal das Gleiche fühlen zu müssen.. Bis sie merken, dass genau das Lachen über die dunklen Gedanken sie so viel gefährlicher macht.

Ich möchte meine Bedeutung im Leben anderer Menschen nicht überschätzen. Und am Ende weiß ich auch einfach nicht, wie es gekommen wäre, hätte ich mich anders verhalten. Aber ich glaube schon, dass ich eine Menge kaputt gemacht habe bei ihm. Ich denke nämlich, hätte ich mich ein wenig anders verhalten, dann wäre er nicht so allein gewesen. Vielleicht hört es sich für ihn auch so an, als würde ich denken, dass er mich gebraucht hätte. Und das tue ich auch. Ein bisschen. Aber nicht, weil ich denke, dass er nicht stark genug war, um allein durchzukommen oder weil ich so toll bin. Sondern einfach nur, weil er etwas erlebt hat, was man allein nicht erleben müssen soll. Eigentlich ist es ja etwas

Schönes, wenn jemand auf dich zukommt und sagt: "Hey, ich brauche dich jetzt". Aber ich glaube, als ich dreizehn war, da war ich zu jung, um das zu verstehen, was er mir erzählt hat. Und ich habe nicht versucht es zu verstehen, weil es für mich die Option gab einfach wegzurennen. Für ihn gab es die aber nicht. Und ich hätte empathisch sein sollen. Ich hätte versuchen sollen zu verstehen. Mit ihm gemeinsam. Ich möchte meine Bedeutung in seinem Leben nicht überschätzen, aber ich denke ich habe einiges schlimmer gemacht, weil ich geflohen bin.

Es gibt einen Film den ich liebe, weil ich ihn hasse. Der Film endet in einer Szene, in der das Mädchen, was zu Anfang des Films Suizid begehen wollte erfährt, dass der Junge, der sie gerettet hat, Suizid begangen hat.

Das Gespräch ist 30 Sekunden her, als ich meinen Fehler bemerke. Wir haben uns zwei Jahre lang nicht mehr gesehen, als wir uns an einem der ersten warmen Frühlingstage in die Arme laufen. Aber direkt ist da diese Vertraulichkeit einer langen Freundschaft, die selbst nach Jahren nicht verschwunden ist. Er fragt mich, wie es mir "in der letzten Zeit" geht und gibt damit zu erkennen, dass er sehr genau weiß was "in der letzten Zeit" passiert ist. Und ich erzähle ihm, wie sehr ich zu kämpfen habe und gebe damit zu erkennen, dass ich ihm noch immer vertraue.

Das Gespräch ist 30 Sekunden her, als ich merke, dass ich wütend bin. Auf die Menschen, die mir nicht zugehört haben, als ich Hilfe brauchte. Ich bin so wütend, dass ich nicht merke, dass ich selbst nicht genügend zuhören konnte.

Ich denke der Film macht mir Angst.

VIII. ZU ZWEIT AUF DREI PLÄTZEN

Mein Kopf liegt irgendwo zwischen Heute und Morgen auf deiner Schulter. Die Straßenbahn unter uns quält sich mit Rappeln und Kreischen durch das Schienenbett. Sieben Stunden bin ich nun unterwegs. Vier Stunden davon mit dir an meiner Seite. Zwei Stunden hat es gebraucht, bis das erste Wort aus meinem Mund in die Luft zwischen uns floh, aber genau wie du, hatte ich dich schon nach wenigen Sekunden kennenlernen wollen. Dein Gesicht war vom Licht des Feuers erhellt und von tiefen Gedanken vernebelt. Dein Blick oder zumindest deine Gedanken mussten irgendwann auf mir gelegen haben, denn als ich dich nach deinem Namen frage, weißt du meinen bereits. Um uns herum tobt weiterhin das übliche Chaos eines Wochenendabends, aber zumindest meine Arme und Beine können bei dir zur Ruhe kommen. Mich beschleicht das Gefühl, dass wir uns nicht unähnlich sind. Und eine Stunde später sitzen wir bereits mit ineinander verwickelten Beinen gegenüber in der Bahn. Ich fühle mich, als würden wir uns irgendwie schon länger kennen. Aber im Kern sind wir nur zwei Mädchen die durch Zufall den gleichen Schmerz in der Brust tragen. Du sprichst das erste Mal über den Tod deiner Mutter, da wandern wir gerade durch ein kleines Wäldchen am Stadtrand. Hinter dem Gebüsch, sagst du, verbirgt sich dein liebster Ort in der ganzen Stadt. Und ich kaufe es dir ab, weil dein Atem hier so viel gieriger wirkt als noch zwischen all den Menschen. Es ist das erste Mal, dass ich jemanden an meinen Lieblingsort mitnehme. Und so schleiche ich erst schüchtern über das kleine Betonplateau am Ufer, welches ich sonst so offen mit Tanzschritten fülle. Uns gegenseitig unsere Lieblingsorte zeigen. Das war deine Idee. Als mir die Idee kommt zu fragen, wieso genau du nach meinem Lieblingsort fragst, ist die Antwort viel zu offensichtlich. Du zeigst mir deinen Ort zuerst. Dort angekommen kippen deine Schultern erleichtert nach vorne. Deine Haltung ist immernoch anmutig, aber sie ist von einer Sekunde auf die nächste verletzlich geworden. Die ersten Schritte vor dir fühlen sich komisch an. Viel zu privat scheint meine Mischung aus Hip-Hop und Ballett, mit der ich Abend für Abend meine Gefühle in den Boden stampfe. Aber schon nachdem wir den Weg zu deinem Lieblingsort antraten konnte ich spüren, wie die Kernschmelze einsetzte. Wieso auch nicht. Es ist eine Sommernacht unserer Jugend. Wann wenn nicht jetzt sollten wir lernen dem Risiko Einlass zu gewehren. Erst, als wir schon auf dem Rückweg sind fragst du mich, wieso ich tanze. Ich antworte erst nicht. Dann beschreibe ich dir, wie die dunklen Gedanken Angst vor meinen Bewegungen zu haben scheinen. Dass ich mich nach dem Gefühl von Leben strecke, indem ich meinen Puls in die Höhe schieße lasse. Du fragst mich, wie ich die Kraft

26

aufbringe immer wieder hinaufzugreifen. Ich habe sie nicht, antworte ich. Aber hier zwischen heute und morgen brauche ich sie auch nicht.

Von meinem Schreibtisch aus sehe ich kleine gelbe Vierecke, die scheinbar in der Luft schweben.

Jeden Abend suchen meine Augen diese kleinen Lichtfelder. Sie sind wie Anker im weiten Meer von denen ich weiß, dass sie irgendwann schon wieder auftauchen werden.

Obwohl ich jeden Abend herübersehe und Bücherregale und Bilder erkennen kann, habe ich noch nie einen Menschen in den Fenstern gesehen. Und ich versuche mir vorzustellen, was für ein Leben sich wohl hinter diesen Fenstern verbirgt.

Welche Bücher stehen wohl in dem deckenhohen Regal. Welche Gewürze verbergen sich hinter der Schranktür. Und warum sind die Blumen aus dem Fenster ganz rechts nicht mehr durch neue ersetzt worden, sondern für immer verschwunden?

Würde der Nachbar. Der, der hinter diesen Scheiben dort wohnt, jetzt aus dem Fenster sehen. Dann sähe er durch eine schon lange nicht geputzte Scheibe ein Mädchen am Schreibtisch sitzen. Beschienen von gelblichem Licht der Lampe unter der schon ihre Eltern gelebt haben. Und würde er genau hinsehen würde er die Tasse in ihrer Hand sehen. Die schon längst nur noch die Teeblätter trägt und nur an ihrem Mund liegt, weil der Weg auf die Tischplatte zu weit ist. Der Nachbar könnte noch so genau hinsehen und er würde keine Bewegung feststellen. Das Mädchen sähe für ihn aus wie eine Statue. Gegossen in eine endgültige Form, die natürlich wirken soll.

Würde der Nachbar aus dem Fenster sehen, dann hätte er die Chance auf die Seeles einer seiner Mitmenschen zu blicken.

Aber der Nachbar hat das Fenster in seinem Leben bereits vergessen. Er wird nicht bemerken, wenn das Mädchen verschwindet, weil er es noch nie gesehen hat.

Würde der Junge aus dem Haus neben dem Spielplatz jetzt aus seinem Fenster sehen würde er im gelblichen Licht einer alten Straßenlaterne ein Mädchen, nicht deutlich älter als er, entdecken. Oder auch nicht, denn sobald er sich bewegen würde, würde sie sich in die Schatten zurückziehen. Ganz anders als er, erleuchtet in seinem Zimmer ohne Schutz vor Blicken von außen. Aber seine Hände liegen noch immer auf Tastatur und Maus, wie sie es schon seit vielen Stunden tun. Für ihn existiert die Möglichkeit beobachtet zu werden nicht. Sein Blick zuckt nicht zum Fenster herüber, wie es der Kopf des Mädchens immer tut, selbst wenn ihr Zimmerfenster nur zu einer toten Nachbarswohnung hinausgeht. Sie fühlt sich beobachtet. Durchgängig. Und sie weiß, dass man es sieht. In ihren Bewegungen, die sich eigentlich niemand wirklich ansieht. Trotzdem möchte sie lernen sich zu bewegen als wären ihr die Blicke der anderen egal. Damit in ihrem hell erleuchteten Fenster kein dunkler Klops von Seele die Deckenlampe verhängt.

X. ZWEI JAHRE VOLL GEDANKEN

Ich bin fast froh als er die Worte vor meine Brust spuckt. Mit diesen paar Worten nimmt das diffuse Gefühl Form an. Wird zu einer greifbaren Empfindung. Aus Angst und Trauer und Wut, die angemessen sind. Aber auch aus Scham. Ich denke nicht mehr nur, dass es noch nicht vorbei ist. Sie ist noch nicht vorbei. Meine Vergangenheit liegt zwischen uns auf dem Tisch, an dem wir eben noch wie Freunde gegessen haben. Aber ich hatte Recht. All diese Jahre haben sie über mich gelacht. Und auch die letzten beiden Jahre. Obwohl ich dachte, ich hätte gesiegt, bricht mein Selbst unter diesem altbekannten Gefühl zusammen. Bereits zerfressen von einer bitteren Ahnung leistet mein Selbstwert nicht einmal Widerstand. Und ich bin mir sehr bewusst darüber, dass es jeder hier am Tisch in meinem Gesicht sehen kann. Oder vielleicht auch nicht. Sein Gesicht ist noch immer locker und offen. Was so gar nicht zu dem passt, was er gerade in meinem Leben angerichtet hat. Und dann sickert die Erkenntnis ein. Dass er keine Ahnung hat, was er da gerade getan hat. Was mich noch wütender macht, als die Worte an sich. Er hat es nicht böse gemeint. Für ihn war es einfach nur eine unausgesprochene Wahrheit.

Ich bin mir sehr bewusst dass von mir "eh niemand was will". Wie auch nicht nach fünf Jahren in denen ich täglich aufgezeigt bekommen habe, wie abstoßend, nervig, peinlich, jämmerlich mich die anderen finden.

Ich lasse meine Augen über die Anwesenden streifen und stehe auf. Ich sehe mich meinen Stuhl an den Tisch zurückstellen. Beobachte mich, wie ich mit steifen aber aufrechten Schritten den Gartenweg entlanglaufe, um mit dem bisschen Würde, was noch übrig ist, zu fliehen. Als eine Person hinter mir auftaucht. Ich kann ihre Schritte auf dem Kies hören. Sie holen mich erst nach dem Gartentor ein. Als sich seine Freundin zu mir umdreht ist ihr Blick fragend. Als würde sie uns beide fragen, wieso dieser Moment so lange hat auf sich warten lassen. Wieso der Weg aus diesem Gefühl so viel länger war als nur zwölf Meter Kies.

Mein unsichtbarer Zusammenbruch ist zwei Jahre her, als sich seine Ex-Freundin nicht nur in meiner Fantasie sondern mitten in der Realiät umdreht und mir genau den Blick der Bestätigung zuwirft, den ich nicht brauchen sollte.

Mit jedem Schritt entfernen sich die Stimmen in meinem Rücken. Gegen das kreischende Murmeln und Wummern der Musik sind meine Schritte auf den Pflastersteinen vor dem Haus lautlos. Und auch wenn meine weichen Sohlen die Pedalen knarzend hinabdrücken merkt es niemand, als ich in die Nacht hinein verschwinde und mich dem Klang der Stille hingebe. Unter mir surren die Reifen und an meinen weit ausgestreckten Armen tanzt die milde Nachtluft entlang. Um mich herum, kurz nach zwei Uhr nachts, entfaltet sich mein eigenens Paradies. Unter mir gleiten die weißen Streifen entlang, die unter einsamen Ampeln glitzern. Die Lichter in den Fenstern meines Heimatsortes sind gelöscht. Nur die kleinen Feuer der alten Straßenlaternen tragen helle Perlen in die Nacht und erleuchten die verwaisten Straßen. Millionen Versionen meiner Selbst haben hier gelacht, geweint, getanzt und gesungen. Und auch heute habe ich mich wieder zum nächtlichen Frieden eingefunden.

Obwohl ihre Reinheit die Innenwände meiner Lungen zerreißt, nehme ich die leichte Nachtluft mit tiefen Zügen in mich auf. Das Brennen und Stechen klettert als tiefe Empfindung meine Wirbelsäule hinunter und in meine Arme und Beine hinein. Ich lasse es laufen. Fühle, wie es mich ausfüllt und mein fisseliges Selbst erdet. Endlich schwindet das Gefühl mit jeder Sekunde an Substanz zu verlieren. An seine Stelle tritt eine tiefe Gewissheit. Dass ich lebendig bin. Dass ich doch noch fühlen kann. Dass ich dem Leben doch noch etwas abgewinnen kann. Und wenn es nur diese gestohlenen Stunden tief in der Nacht sind. In denen ich alle meine Habseligkeiten am Körper trage. Frei bin.

Zumindest bis die zerschlagenen Scheiben meines alten Lebens am frühen Morgen wieder einmal meine junge Haut aufschlitzen. Bis ich durch die Scherben klettere, immer in dem naiven Gedanken den scharfen Kanten meiner Erinnerungen entgehen zu können. Oder in der Hoffnung das tiefe Glück in mir möglichst schnell wieder loswerden zu können. Mit jedem Schritt durch die Räume, in denen wir damals gelebt haben, hinterlasse ich wuchtige Tropfen an schwerem Genuss. Immer öfter stelle ich mir vor, wünsche ich mir, dass die klebrige Masse aus Glück und Schuldgefühlen unsere Welt wieder zusammenfügt, aber natürlich weiß ich, tief in mir drin, dass sich aus dem zerrütteten Leben meiner Familie keine Erkenntnis ableiten lässt. Dass dieser Tod nichts geerdet hat. Er hat das alles hier zerstört. Wo wir früher als Familie unter dem Weihnachtsbaum dem Klavierspiel meiner Mutter gelauscht haben liegt nun eine zarte Staubschicht. Nur aufgewirbelt von den wenigen schnellen Schritten, die wir ab und zu dann doch in unsere schmerzhaften Erinnerungen wagen müssen. Mit jedem Schritt in dieser neuen Realität entferne ich mich weiter von meinem alten Selbst. Mit jedem weiteren Schritt muss ich erkennen, dass alles, was nun kommt, drückende Leere sein wird.

XII. ICH BIN DAS NICHT

Die Kleidungsstücke, in denen ich heute Morgen vor dem Spiegel stehe, lassen meinen Körper exakt so aussehen, wie ich ihn mir wünschen würde. Unter ihnen verbergen sich etwas dickliche Beine und winzige Fettpölsterchen an den Achseln, die nicht das Problem sind. Liebgewonnen hab ich sie, diese kleinen Stellen. Trotzdem würgen meine breiten Knie, meine Knubbelnase, meine zappelige Haut, mein kleines bisschen Bauchfett und mein blasser Hals Erinnerungen hervor, deren Hüllen noch zwischen meinen Gedanken klemmen. Aus Schutthaufen der Vergangenheit klettern Scham und Wut in die kalten Häute, um sie wie eine Armee Zombies in die Schlacht mit meinem Körper, mir selbst ziehen zu lassen.

Aus meiner Haut sind kleine und große Narben dieses Krieges erwachsen. Zuerst sah ich sie kaum. Wand den Blick von ihnen ab ohne zu merken, dass dort etwas Fremdes an mir wucherte. Und oft brauchte meine Seele nur wenige Wochen, um die verhärteten Kuppeln der verängstigten Wunden mit weichem Ich zu überdecken. Manche Wunden jedoch blieben. Nicht, weil ich nicht fähig gewesen wäre sie zu überdecken, sondern weil meine eigenen Gedanken die Bahnen ihrer Zacken und Kanten wie in Traunce nachzogen. Doch nie gelang mir diese Kunst so perfekt, wie meiner Schwester. Sie anzusehen war, als würde man in die Tiefen einer gebrochenen Straße blicken. In den Rissen und Wunden konnte ich kleine Schönheiten wachsen sehen, die sich von alten Geschichten aus Schmerz ernährten. Ich weiß, dass meine Schwester nie von allen gemocht wurde, aber sie fand einen Weg aus den Hieben und Stichen Bilder und Räume zu schnitzen in denen sie von sich selbst erzählen konnte. Sie brauchte keine Kurven und polierten Windungen. Sie brauchte keine Schönheit um schön zu sein. Sie brauchte nur Schmerz. Vor allem aber konnte sie nicht ohne den Schmerz. Es war mein Bruder der sie als erster dabei beobachtete wie sie morgens vor der Schule vor dem Spiegel stand und die Schollen ihrer Seele noch weiter auseinanderriss. Und ich war es die in der Schule erkennen musste, wie die anderen sie ansahen. Fasziniert waren sie. Von den Blumen und Ranken, mit denen der Körper meiner Schwester erreichen wollte, dass noch größere Wunden entstanden. Da verstand ich wieso meine Finger so oft an den Wunden aus meiner Vergangenheit formten.

Meine Finger kleben an der Tastatur. Ich würde gerne dem Himmel die Schuld geben, der heute in einem Bonbonrosa auf die Blätter der Bäume vor mir fällt, das den Anschein erweckt, als würde es einem im Mund schwer auf der Zunge liegen. Ein Dutzend Meter streckt sich der größte meiner hölzernen Nachbarn dem süßen Licht entgegen. Wie alt er wohl sein mag? Wie viele Menschen hat er wohl schon leben und verblühen sehen? Wie viele Welten hat er wohl schon aufleben und zerbrechen gesehen? Stand dieses Dorf, was mit jeder Minute weiter mit Sonnenuntergang bedeckt wird, überhaupt schon vor 200 Jahren? Wie viele Jahre musste die Erde unter den Pflastersteinen das höhnische Abklingen des Abends ertragen bevor sie entgültig von der Welt abgeschlossen wurde? An solchen Abenden, an denen sich alle Häuser um mich herum in perfekte Schönheit hüllen, zieht sich alles in mir zusammen. Also wende ich den Blick ab und lasse ihn mit den Licht auf die Straßen vor meinem Fenster fallen, auf denen die Vorboten des Abendsverkehrs Schritt für Schritt ihren Einkauf nach Hause ziehen. Sie kommen rechtzeitig aus den Bürogebäuden und Werkstätten, um dem letzten Schimmer des Frühlingstages noch tief in die Augen zu blicken. Und manche von ihnen bleiben tatsächlich einen kurzen Augenblick stehen und finden in den Zuckerwattewolken ein kleines Stückchen Frieden. Zumindest hoffe ich es für sie, dass es das ist, was sie dort sehen. Maram von Gegenüber, er bleibt schon lange nicht mehr stehen. Er bleibt schon lange nicht mehr stehen seit der Sache. Zwei Tage nachdem es passiert war, sah ich, wie er sein Gesicht dem Himmel entgegenstreckte. Von meinem Fensterplatz hier oben sah es für einen kurzen Moment fast so aus, als würde er lächeln. Vielleicht tat er das ja auch ganz kurz. Bis die Falte auf seiner Stirn wieder erschien. Auf sie folgten seine Mundwinkel und sein Kinn, die sich beide wieder zu erinnern schienen, dass man der Schwerkraft nicht entfliehen konnte. Da brachte noch so viel Leichtsinn nichts. Maram blieb, nach diesem Tag zwei Tage danach, nie wieder stehen. Und erstrechtnicht wandte er seinen Blick dem Farbenspiel über unseren Köpfen zu, welches nur wenig mehr als eine Viertelstunde mit dem Himmel tanzt. Der ganze Tag besteht aus diesen kleinen Bündeln aus Minuten. Selbst das Jahr hat diese wenigen Tage, die sich nur ein halbes Dutzend mal wiederholen. Wer nicht aufschaut oder innehält verpasst die Zeiten aus Gold im Herbst und das strahlende Silber im Winter. Aber genau diese Kurzlebigkeit ist die Chance von Maram von Gegenüber; von Tim mit dem schiefen Lachen; von Miri aus der Sieben b. Sie brauchen es noch nicht einmal selbst zu wissen, denn jeden Tag, jedes Jahr, wenn die gleiche Zeit gekommen ist, blickt Maram nach Dienstschluss wie von selbst nicht mehr in den Himmel, ist Tim am Abend nicht mehr auf dem Hockeyfeld zu sehen, bleibt Miris Blick konzentriert auf ihren Schulaufgaben ohne dem sprießenden Lila auf den Wiesen vor ihrem Fenster Beachtung zu schenken.

Im Sommer, oft in den ersten drei Wochen der Sommerferien streicht die Morgenluft die Zeitungsblätter im Schatten und kühlt den letzten Tee bevor die Hitze über die Dächer in die Täler der Gärten stürzt. Während es bei Maram nur zwei Tage dauerte, bis er sich seine Seele am Himmel verbrannte, kam der Schmerz bei mir erst mit dem Sommer. Dem ersten Sommer, den ich erlebte, nachdem die Stille auch in die Zimmer unserer Familie eingedrungen war. Manchmal, denke ich, dass die Stille irgendwann aus unseren Fenstern und Türen herausfließen müsste. Aber jedes Mal, wenn ich mein Fenster auch nur zu einem kleinen Spalt aufschwingen lasse, werde ich eines Besseren belehrt und kann spüren, wie die Luft um mich herum sich im langsamen Schritt eines Trauermarsches immer weiter in mein Zimmer drückt, um weiterer Stille Eintritt zu gewehren. Die Tage, an denen ich versuche solche Vorfälle zu vermeiden werden immer öfter. Die Kälte, die sie mit sich bringen, ist so beißend, dass ich oft denke, sie könnte meine Haut eher zerfressen, als beruhigen. Also kämpfe ich darum alle Risse zu versiegeln. Wenigstens zwischen zwei Schulwochen kann mir das gelingen. Und selten, wirklich ganz selten, stehe ich am Ende dieser Tage auf, um die alten Streichhölzer hervorzusuchen. Sobald ihre kleinen Köpfchen Feuer gefangen haben, versuche ich mit ihrer Wärme auch das Licht in mir selbst wieder zu entfachen. Es hat noch nie funktioniert. Ich habe es nie zweimal am Stück versucht. Denn der Geruch, wenn die Flamme erlischt, ist beinahe noch schlimmer, als jene ersten Wochen in den Sommerferien. Schließlich riechen Flammen nicht unterschiedlich. Jeder Sommerwind bringt eine neue Note, aber jede Flamme, die ich seit der Ankunft der Stille gerochen habe und jede Flamme die ich je riechen werde, wird nach ihrem Erlischen so riechen, wie diese eine Flamme es damals getan hat. Die, die neben seinem Bett stand. Zwischen uns allen, die in diesem Moment das erste Mal spürten, wie uns die Stille umkreiste. Uns beäugte, wie ein Rudel Wölfe seine zukünftige Beute beäugt. Und seither ist sie nie wieder von unserer Seite gewichen. Klar, sie wuchert nicht an allen Tagen um uns her, aber ich erinnere mich noch gut an das erste Mal, als ich die Kontrolle über sie verlor und ihre blassen Finger begannen um mich zu greifen. Sekunde um Sekunde fraß sie sich ihren Weg durch die Jacken und Mäntel meiner Freunde und plötzlich stand der Horror blass in ihren jungen Augen. Auf Maram griff die Stille als erstes über. Und er brauchte einige Tage länger, als die anderen, um sie wieder loszuwerden.

Einen Umstand, über den er nur mit wenigen sprach, den aber mindestens die, die unsere Realität teilen, wenn nicht nachfühlen, dann wenigstens begreifen konnten. Maram konnte nicht gegen meine Stille anschreien, wie es die anderen zu ihrem Schutz taten. Er hatte nicht genug Kraft, um sich zu wehren, da sein Lebenswille bereits im ernsten Schneesturm der Leblosigkeit wie junge Laubblätter im späten Frost erfroren war. Und seitdem nicht mehr ausgetrieben war. Denn in der Trauer seiner nächsten Verwandten fand er nur weitere Leblosigkeit, Stillstand, Schockstarre. Seine Familie als Nährboden seines Lebens war weggebrochen. Sein Vater, mit dem er sonst am frühen Morgen aufgestanden war und mit dem er noch bis tief in die Nacht diskutiert hatte, nicht mehr da. Eine Lücke entstand, die auch seine Mutter nicht zu füllen vermochte. Mit der Zeit schlug diese Lücke eine Schlucht. An seinem leeren Sessel im Wohnzimmer vorüber bis zu seinem Schreibtisch im ersten Stock konnte jeder sein Fehlen spüren. Und weil er in sich selbst keine Kraft mehr finden konnte um diese neue Einsamkeit, die er unfreiwillig kennenlernen musste, zu übertünchen, suchte er das Leben in der Gesellschaft anderer. Und als diese ihm das Gefühl von nimmerruhigem Lebenshunger auch nicht geben konnte, suchte er das Pochen in seinen Adern in immer wilderen Exzessen. Aber nur, weil er sich von der Leere des Todes entfernte, schaffte er es nicht nocheinmal aufzublühen. Trotzdem reichte seine scheinbare Teilnahme am Leben den Erwachsenen, um dem bequemen Glauben zu verfallen, er hätte die hässlichen Geschehnisse gut verkraftet. Erst, als ihr Schützling eines Morgens nicht mehr aufstand, mussten die Erwachsenen erkennen, wie katastrophal ihre eigene Perspektive sie getäuscht hatte. Und vor allem mussten sie erkennen, dass sie für Marams Schmerz, für Tims Qualen und Miris Leiden keinen Ausweg wussten. Denn anders als die Erwachsenen, fanden sie in ihrem Leben vor der Stille nur das Fehlen tausender Erinnerungen und die unerträgliche Gewissheit, dass sie ihre Väter und Mütter niemals würden kennenlernen dürfen. Mit ihren Familien geriet auch ihre Jugend aus ihren Bahnen. Sodass die grauen Schwaden der Stille und Leere nicht nur temporär den Kontakt zu ihren Seelen versperrten, wie es ihre erwachsenen Verwandten erfuhren. Nein, das Grau ersetzte eine gerade erst keimende Sicherheit im Leben mit Orientierungslosigkeit; Ratlosigkeit. Gemischt mit dem Elixier der Jugend verwandelten sich diese Gefühle in eine ätzende Masse aus Angst. Angst nicht genügend zu leben. Angst nicht genügend zu trauern. Angst nicht genügend zu sein. Und besonders die Jugendlichen, die in ihrem Wachstum bereits von diesen Ängsten zerfressen worden waren, litten umso stärker unter den neuerlichen Angriffen. Weil die ersten Wunden keinen Schutz hinterlassen hatten, sondern nur die schwelende Ahnung, dass all dieser Schmerz vielleicht ganz normal war für die ersten zwei Jahrzehnte auf dieser Welt. Und so zögerte Tim nach Hilfe zu fragen. Fraß Maram die dunklen Gedanken in sich hinein. Ließ Miri alle Gefühle aus ihrem Leben verschwinden. Blieben meine Finger stundenlang auf den Tasten liegen bevor sie endlich zögerlich zu erzählen begannen.

Wie kann man um Hilfe fragen, wenn man glaubt, dass alle anderen es auch ohne Hilfe geschafft haben? Wie kann man nicht nach einer Revolution der Lebensbewältigung fragen wenn man gesehen hat, wie zerstört viele von uns bereits ins Leben starten?

DANK

Diese Sammlung an Geschichten wäre niemals veröffentlicht und vermutlich auch nie geschrieben worden, hätten meine Freunde mir nicht geholfen meine Freude am Schreiben zu erkennen. Ich danke im Besonderen Ilias Ou. und Siobhan Rankin, die meine Erfolge fast schon mehr gefeiert haben, als ich selbst und sich immer ehrlich für mich freuen konnten. Zudem danke ich Joan, der gemeinsam mit den oben genannten meine Texte gelesen hat bevor irgendjemand sonst sie zu Gesicht bekam. Ich danke den Dreien für ihr offenes und liebevolles Feedback.

Auch möchte ich mich bei allen bedanken, die mein Leben über die letzten Jahre geprägt haben. Dazu zählen ohne Zweifel meine Eltern und Geschwister, die mir ein Umfeld geboten haben, in dem meine Texte wachsen konnten.
Weiterer Dank gebührt Hanna Andreß, deren Briefe mir Halt und Mut gegeben haben.